pou

Directora de la colección:
MARÍA JOSÉ GÓMEZ NAVARRO

Taínos

Michael Dorris

Traducción de Miguel Martínez-Lage
Ilustraciones de Viví Escrivá

INFANTIL

ALFAGUARA

Título original: *MORNING GIRL*

Publicado originalmente por Hyperion Books for Children

© Del texto: 1992, MICHAEL DORRIS
© De las ilustraciones: 1995, VIVÍ ESCRIVÁ
© De la traducción: 1995, MIGUEL MARTÍNEZ-LAGE
© De esta edición:

1995, Santillana, S. A.
Elfo, 32
28027 Madrid
Teléfono (91) 322 45 00

• Aguilar, Altea, Taurus, Alfaguara, S. A. de Ediciones
Beazley, 3860. 1437 Buenos Aires

• Aguilar, Altea, Taurus, Alfaguara, S. A. de C. V.
Avda. Universidad, 767. Col. Del Valle,
México D.F. C.P. 03100

I.S.B.N.: 84-204-4757-9
Depósito legal: M. 22.254-1996

Primera edición: septiembre 1995
Primera reimpresión: julio 1996

Una editorial del grupo **Santillana** que edita en
España • Argentina • Colombia • Chile • México
EE. UU. • Perú • Portugal • Puerto Rico • Venezuela

Diseño de la colección:
JOSÉ CRESPO, ROSA MARÍN, JESÚS SANZ

Impreso sobre papel reciclado
de Papelera Echezarreta, S. A.
Printed in Spain

Taínos

Las ilustraciones están realizadas
teniendo en cuenta
la documentación y los objetos existentes
en el Museo de la Fundación García Arévalo
de la República Dominicana.

*Dedicado a la niña pequeña que escucha
y a la madre que cuenta cuentos maravillosos*

Capítulo primero

Alba

En mi familia me llaman Alba porque me levanto muy temprano, y todos los días con alguna idea en la mente. Dice Madre que es porque sueño mucho y no descanso ni siquiera cuando duermo. Puede que tenga razón: en mis sueños siempre estoy haciendo cosas, como nadar o buscar por la playa caracolas que no se hayan roto con el batir del agua, o pensar cuál podría ser un buen sitio para pescar. Abro los ojos tan pronto siento entrar la luz por el agujero del techo que hace las veces de chimenea; repaso las ideas que se me han ocurrido durante la noche y decido entonces cuál será la que primero ponga en marcha.

Esto no se lo digo a nadie, porque seguro que nadie me entendería, pero me encanta ese rato en que una está a solas nada más amanecer. Procuro pisar con cuidado cuando voy por el camino, para que los ruidos de mis pasos se confundan con el murmullo del mundo que se va desperezando. Padre me enseñó cómo caminar con el mismo cuidado que ponen las tortugas. «Si no haces ruido verás muchas más cosas —me dijo—. No hay nada que se esconda o que espere a que tú pases. Además, no hacer ruido es mucho más respetuoso con los animales.»

Y hay otra cosa más: si el día empieza antes que tú, ya nunca lo alcanzarás. Te pasarás todo el tiempo corriendo de un lado a otro para terminar lo que ya debería estar hecho, y da lo mismo la prisa que te quieras dar, que en esa carrera nunca empatas. Siempre te gana el día.

Una vez intenté explicarle todo esto a mi hermano pequeño, pero se me quedó mirando con cara de pasmo y terminó por preguntarme que desde cuándo se trataba de una carrera, que quién había dicho eso. Y lo que pasa es que a él le gusta mucho más la oscuridad, sobre todo las noches en que no hay ni luna ni nubes. A veces me zarandea hasta que me pongo a mirar los dibujos que él ve en el cielo, los caminos hechos de arena blanca. Está seguro de que lo que vemos forma parte de otra isla, una isla mucho más grande que la isla en que vivimos, más grande incluso que la que aflora en el lago cuando el agua está muy lisa. Y cree que nosotros somos como pájaros que flotan sobre el cielo de esa isla, muy, muy alto.

No sé cómo puede ser que mi hermano vea las cosas al contrario de como las veo yo. Para él, la noche es el día, sueña cuando está despierto. Es un poco como si el tiempo se hubiese repartido entre nosotros dos, como si sólo pasáramos el uno junto al otro, rozándonos, cuando amanece o cuando anochece. Habitualmente, para mí con eso basta.

Madre asegura que un día mi hermano y yo seremos buenos amigos, como por fin llegaron a serlo ella y su hermano, Diente Afilado. Habla en voz muy baja cuando me cuenta historias de cómo actuaba mi tío cuando era sólo un muchacho, de cómo una vez se rió de ella cuando ella se metió en un lío, de cómo dijo una vez una mentira y nunca lo confesó y aclaró cuál era la verdad. Se queda muy quieta, cierra los ojos, respira muy hondo cuando recuerda esas cosas y me mira como sólo ella me sabe mirar, y dice que antes creía que nunca iba a olvidar lo que él había hecho; en cambio, fíjate, al final lo ha olvidado. Y ahora Diente Afilado es exactamente el hermano que ella quiere tener, la única persona en el mundo que recuerda lo más importante de cuando ella era niña, el único que recuerda cómo era el abuelo antes de envejecer y morir.

Yo no le contesto diciendo lo que pienso, o sea, que mi hermano es distinto de como era el suyo. Como mi hermano es su hijo, Madre no lo conoce como lo conocen los demás. No lo conoce, por ejemplo, como yo. Cuando ella no lo ve, siempre come demasiado; mejor dicho, come a todas horas. Cuando ella no lo oye, no sabe que debe estarse tranquilo y no hace más que revolver. Y luego, ¿quién sabe qué hará durante toda la noche, mientras los demás dormimos?

Hoy mismo desperté y me lo encontré sentado al borde de mi esterilla, mirándome con los ojos como platos.

—¿Qué pasa? —le pregunté. Y no con una voz amable, pues no me deja en paz ni siquiera de noche.

—Nada —dijo—. No pasa nada. ¿Qué

quieres decir con ese «qué pasa», eh? Siempre te estás quejando.

—Yo no soy la que se queda mirando igual que un pájaro —contesté—. Yo no soy la que no sabe estar dormida como las personas normales.

—Fantasmas —suspiró mi padre desde su hamaca—. La casa está llena de fantasmas. Se pasan la noche hablando. Voy a tener que construir otra casa para poder vivir en paz. Será una maravilla.

—Sí, ya lo creo. Y yo me iré contigo —la voz de mi madre sonó tan desdichada como desdichado es el pez cuando lo sacan a la fuerza del mar—. Vayámonos a algún sitio donde no nos encontremos con estos crueles fantasmas, que no nos dejan dormir y descansar como es debido.

Podría haberles explicado que era culpa de mi hermano, pero no habría servido de nada. Padre sólo habría hecho algún comentario jocoso y Madre habría añadido: «Ya nos lo contarás más tarde, Alba».

Me levanté, me estiré para que se me quitase la rigidez del cuello y me despedí de mi hermano con un gesto de malhumor que espero lo dejase muy preocupado. Eso tampoco sirvió de nada, porque ya se había vuelto a echar en su esterilla, se había acurrucado hasta encontrar una postura cómoda y fingía estar soñando. Tenía los ojos cerrados con fuerza, y en la boca se dibujaba una sonrisa.

Fuera, al menos, todo me pertenecía, ya que no había nadie más alrededor. Podía hacer cualquier cosa, ir a donde quisiera. Podía caminar o echar a correr, trepar a un árbol o nadar un buen rato; podía quedarme a contemplar el océano o meterme por el manglar, y quedarme muy quieta, hasta que las aves se olvidasen de que estaba allí y empezasen entonces a hablar de nuevo las unas con las otras.

El día me dio la bienvenida, me acarició los cabellos con la brisa, me saludó con sus silenciosas canciones. Alargué los brazos y me estiré. Dejé que el perfume de las grandes flores rojas diese color a mis pensamientos, y el perfume me dio una idea de cómo aprovechar esos momentos tan especiales. Me iría a buscar los capullos más hermosos y los entretejería, formando guirnaldas para Padre y para Madre. Dándome un poco de prisa, podría incluso terminarlas antes de que despertasen por segunda vez, y así encontrarían mis regalos esperándolos a la entrada de nuestra casa.

Mientras entrelazaba las flores, imaginé mentalmente lo que con toda seguridad sabía que iba a ocurrir. Madre saldría la primera, vería la guirnaldas y volvería dentro a buscar a Padre. Volverían los dos juntos al umbral, él frotándose los ojos y gruñendo un poco, hasta darse cuenta de lo que había a sus pies.

«¡Fíjate!», exclamaría Padre, como si la sorpresa hubiera sido enorme.

«¡Qué curioso! ¡Qué bien hechas están!», diría Madre apretando sus manos.

«¿De dónde habrán salido estas guirnaldas tan asombrosas?», se preguntarían Padre y Madre el uno al otro, al colocarse mis flores alrededor del cuello.

Y todavía las llevarían puestas, encantados los dos conmigo, cuando más avanzada la mañana mi hermano por fin despertase, mucho después que todos los demás.

Capítulo segundo

Noche

¿Sabes lo que pasa cuando estás en la playa, una mañana blanca y soleada, y cierras los ojos con fuerza? Lo que ves entonces no es exactamente la oscuridad, o no al menos la oscuridad de cuando estás dentro de casa, de noche, y no ves nada de lo que hay afuera, cuando todos los ruidos de la noche son preguntas para las que no tienes respuesta. Lo que se ve con los ojos cerrados, de día, es algo muy distinto. Es como estar bajo un agua profunda, como en un estanque bañado por las sombras. No sé por qué es así, no sé si serán las aletas de los peces más pequeños, o sus ojos, pero allá abajo hay luces que se mueven, luces que puedes contemplar. Es igual que de noche, una noche sin luna, cuando te pones a mirar el cielo: cuanto más lo miras, más cosas ves. Te parece estar viendo granos de arena muy blanca y hay veces que *algún grano de arena cae y se precipita tan deprisa que a duras penas alcanzas a seguir su caída antes de que desaparezca.*

No hay nada que no me guste. No quiero decir que me guste todo, porque no es verdad. No me gusta que mi hermana me despierte. No me gustan los pescados que tienen demasiadas espinas. No me gustan esos mosquitos tan hambrientos y tan diminutos que no los ves hasta que te pican. Pero, sobre todo, no me gusta... la nada. Ya sabes: no me gusta que no haya nada que escuchar, nada que probar, nada que tocar; no me gusta, sobre todo, que no haya nada que ver. Cuando eso ocurre no sé dónde estoy. La primera noche que me desperté y me di cuenta de que todos eran invisibles, me quedé perfectamente quieto y desaparecí. También yo me convertí en nada, hasta no saber siquiera cómo iba a regresar. Por fin hablé conmigo, susurré una cancioncilla que canta mi padre cuando habla con las aves, cuando les pide disculpas por haberlas molestado. Me froté la yema del pulgar con la yema de los demás dedos. Me toqué los labios con la punta de la lengua y noté el sabor salado del agua del mar y así esperé hasta que el día se acordó de nosotros y regresé.

—¿Por qué estás despierto si es muy temprano? —me preguntó mi madre esa mañana—. ¿No te estarás convirtiendo en una flor rara, como tu hermana, de esas que se inclinan hacia el Este y llaman a voces al Sol?

No me gustó la idea de parecerme a mi hermana, que por cierto se llama Alba, porque se despierta y se levanta antes que todos los demás; por eso le conté otra cosa.

—Es que ya no necesito dormir —dije.

—Pues eso no puede ser bueno —mi madre meneó la cabeza y se alisó el cabello—. ¿Cómo vas a soñar, si no duermes? ¿Cómo podrás oírte a ti mismo?

Pensé despacio en este problema.

—Quizá —sugirió mi madre al cabo de un rato, sonriéndome—, quizá seas un murciélago. Quizá tú sueñes de día, mientras los demás trabajamos. Qué suerte la tuya.

Pensé en los murciélagos, en cómo recorrían veloces la oscuridad del cielo, rápidos como las lluvias del final del verano. Pensé qué sensación me produciría el viento en la piel si pudiese volar.

—Es cierto —dije—. Hoy me pasaré el día durmiendo.

—¿Colgado de un árbol, boca abajo?

—preguntó *Alba, que siempre escuchaba lo que decían los demás, aunque no tuviese nada que ver con ella—. Eso sí que lo quiero ver. A lo mejor te despierto con un palo.*

—*Pues, a lo mejor, de noche me meto entre tus cabellos —le dije—. A lo mejor, hasta hago un nido en tu pelo.*

—*Los murciélagos no hacen nidos —señaló ella, a pesar de lo cual se llevó la mano a la cabeza, porque temía que eso pudiera ocurrir.*

—*A lo mejor soy un murciélago distinto de los que tú conoces.*

—*¿Qué tiene la noche que tanto te gusta? —preguntó mi madre para terminar la discusión, aunque no sólo por esa razón.*

Se notó que tenía verdadero interés, y siempre escuchaba con atención lo que yo decía. Dejó de limpiar una raíz de mandioca que tenía entre las manos y me miró.

—*La noche me gusta... —empecé, y volví a pensar en la arena blanca, esparcida por la playa negra del cielo—. Me gustan las estrellas. Me gusta mirarlas desde arriba.*

—*El cielo no se mira* desde arriba —*me contradijo Alba—. Se mira* desde abajo.

—*Puede que no, si eres un murciélago*

—dijo mi padre con voz muy seria. Tenía los ojos aún cerrados y era como si sus palabras llegasen de muy lejos. Fue imposible saber si hablaba en serio o si estaba de broma—. De todos modos, ninguno de vosotros habéis hecho la pregunta que hay que hacer —continuó—. ¿Por qué no duermen los murciélagos de noche? A lo mejor es porque les gustan las mismas cosas que a este Chico de la Noche.

Chico de la Noche. Noche.

Ésta fue la primera vez que oí mi nuevo nombre. Noche. Antes, me llamaban «Hambre», porque siempre tenía hambre. Pero me gustó «Noche» muchísimo más. Nadie dijo nada, todos nos quedamos a la escucha, sopesando el peso de las palabras.

Noche.

Mi madre sonrió.

—¿Quién ha dicho eso? —preguntó por fin—. ¿A quién se le ha ocurrido una pregunta tan acertada? ¿Quién ha encontrado tan buen nombre para mi hijo?

—Yo, el padre de un murciélago —dijo mi padre—. El padre de una flor del alba. El marido de la madre de un murciélago y una flor. Un hombre que vive rodeado de personas que hablan sin parar cuando los demás inten-

tan dormir. *Creo que debo haberme equivocado de familia, ya que al parecer sólo yo sé qué
valor tiene el descanso. Creo...*

Mi madre nos miró a Alba y a mí con
las cejas enarcadas e introdujo un trozo de
fruta pelada entre los labios de mi padre, para
que callara. Todos observamos mientras mas-
ticaba. Siguió sin abrir los ojos.

—No —dijo después de tragar la fruta—.
*Ya veo que no me he equivocado de familia.
Sólo hay en el mundo una persona que sepa
dónde encontrar frutas tan dulces, sólo una
persona que tenga los dedos tan suaves.*

Mi madre bajó la mirada, pero le gustó
lo que había oído.

—¿Por qué les gusta la noche a los murciélagos? —me preguntó Madre, volviendo a
nuestra conversación—. Dínoslo, Noche.

Cuando ella hizo uso de mi nuevo nombre, supe que ya iba a ser mío para siempre;
en ese momento decidí que iba a convertirme
en un experto, en una persona a la que los
demás le harían preguntas acerca de la noche, una persona que además sabría las
respuestas.

—Por lo grande que es —repuse—. Porque hay cosas muy especiales que se ven de

noche si uno está atento. Porque de noche es posible soñar incluso aunque estés despierto. Porque alguien ha de acordarse del día, mientras duermen los demás, para llamarlo cuando sea hora de que regrese el Sol.

Mi padre por fin abrió los ojos, se apoyó sobre los codos y asintió con un movimiento de cabeza.

—Chico de la Noche —dijo.

Capítulo tercero

Alba

Cuando las cosas que suceden están bien, se me olvidan: sólo recuerdo los días demasiado calurosos o demasiado húmedos, o las noches en que sopla el viento con tal fuerza que golpea las hojas de las palmeras contra los troncos, pero no las noches en que el viento sólo tiene fuerza para alejar a los mosquitos. Cuando como fruta, me parece que es sólo... fruta, a no ser que esté demasiado madura y me gotee por la barbilla, o tan dura que me duelan los dientes de tanto morder.

Todo lo que no sea demasiado grande o demasiado pequeño no me llama la atención. Cuando Padre repara los agujeros de su red de pescar después de la cena, lo observo sin verlo en realidad. Está haciendo lo que se supone que ha de hacer; tiene la vista atenta, no se le escapa ni un solo hilo desgarrado, y con los dedos repasa toda la red y anuda los hilos sueltos, hablando a la vez con Madre en voz tan baja que sólo llega a sus oídos. O, a mediodía, cuando sólo estamos Madre y yo en la casa, cuando canturrea o me cuenta cómo era ella de muchacha, a mi edad, mientras tritura las raíces para la cena, todo lo que hay en este mundo encaja a la perfección, igual que si todas las piezas fuesen guijarros y caracolas enterradas en la arena cuando baja la marea, antes de que nadie haya tenido tiempo de pasear por la playa dejando sus huellas.

En nuestra casa, en cambio, mi hermano siempre es el que deja las huellas. Siempre me estropea los mejores momentos. Sin necesidad de hacer nada especial ya me resulta demasiado ruidoso: bromea cuando debería estar serio, habla cuando debería escuchar con atención, echa a correr cuando debería estar sentado, golpea dos piedras, una contra otra, sólo por quebrar el silencio, interrumpe a Madre o a Padre para hacerles preguntas cuyas respuestas ya conoce; una vez incluso llegó a poner una lagartija en mi esterilla, mientras intentaba yo oír los primeros sonidos del alba.

Es como si Noche no encajase verdaderamente en nuestra familia, como si no perteneciese a ella; cuando estoy enojada, imagino cómo sería todo si él no estuviese cerca, y qué perfecto podría ser cada minuto que pasara. Sólo con cerrar los ojos lo veo claramente: Padre y Madre y yo, sin discutir nunca, sin levantar la voz... Normalmente, en ese preciso instante, como si lo hubiese llamado por su nombre, aparece mi hermano por la puerta, con el alboroto de siempre, trayendo consigo la suciedad allí donde yo acabo de barrer, o dispuesto a abrazar a Madre cuando ella intenta terminar de contar un cuento, o queriendo que Padre deje sus faenas y salga con él a mirar quién sabe qué ratonera o qué nube de rara forma.

A mi hermano, además, nunca le basta con dejar sus huellas sobre la arena: tiene que saltar sobre la arena, liarse a patadas, cavar agujeros, quitar las piedras de su sitio y arrojarlas al mar para ver cómo salpican. Y siempre que yo señalo su manera de actuar —y, la verdad, esto lo hago solamente para que aprenda, para que no vuelva a cometer dos veces el mismo error, solamente para que entienda qué estupendo sería si no

lo echase todo a perder—, soy yo la que se gana una mirada de reprobación, como si fuese culpa mía.

Pese a todo, Noche es un problema al que he terminado por acostumbrarme, un problema normal y corriente que, en realidad, no es nada grave. No, nada tiene que ver con los verdaderos problemas, con los problemas más graves.

Me acuerdo muy bien de la tarde en que Madre me contó su noticia. Estábamos sentadas las dos, una junto a la otra, trenzando hebras de algodón. Ella me estaba enseñando cómo entrelazar las fibras nuevas con las viejas, que es la parte más difícil.

—Estoy segura de que te sientes muy sola —dijo.

Madre casi siempre estaba en lo cierto cuando decía alguna cosa sobre mí, porque me entendía a la perfección, de manera que sopesé despacio sus palabras antes de contestar nada.

—No, no creo que esté muy sola.

—Oh, sí que lo estás —repuso—. Sólo que no te das cuenta, porque no sabes lo feliz que serás cuando tengas una hermanita con la que puedas jugar.

—Pero si no tengo una hermanita —le recordé.

En ese momento me puse a pensar. Recordé cuántos susurros habían intercambiado recientemente Padre, Madre y la abuela; entonces me di cuenta de que había pasado mucho tiempo desde la última vez que Madre se marchó a pasar los días que tenía que pasar en la casa de las mujeres.

—¿Qué nombre le daremos? —preguntó Madre mirándome a la cara—. No será una persona de verdad, un ser humano, no será ni tu hermana ni mi hija, hasta que tenga un nombre propio. En cuanto venga al mundo tendremos que decidir en seguida qué nombre ponerle. Padre y yo necesitamos que nos ayudes en eso. Y que nos ayude también Noche.

Noche. Por un momento, me había olvidado de él; me estaba imaginando cómo sería la vida a solas con Padre, con Madre y con la nueva hermanita.

—¿Cuándo vendrá? —pregunté.

—No demasiado pronto —Madre sonrió—. Pero ya he empezado a notar que se acerca poco a poco. Me recuerda a ti, porque es muy fuerte.

Descubrí que había empezado a gustarme, y mucho, la nueva hermanita.

—¿Lo sabe Noche?

—Voy a decírselo hoy mismo, antes de que anochezca.

Me gustaba ya, y mucho, la nueva hermanita, la hermanita secreta; me gustó más aún poco después, cuando escuché a Madre y a Noche hablar delante de la casa.

—¿Cómo sabes que es una hermana? —preguntó él—. ¿Por qué no ha de ser un hermano? ¿Por qué no será un loro maravilloso, como el que trajeron aquellos forasteros que vinieron de otra isla el año pasado?

—Podría ser un hermano, desde luego —dijo Madre—. Pero no lo creo. Y de lo que sí estoy segura es de que no será un loro maravilloso.

—Si es otra hermana, me marcharé a vivir a otro lugar —advirtió Noche—. Me iré a otra casa en la que no haya ninguna hermana.

—Espera a conocerla antes de decidir —Madre puso la mano sobre la cabeza de Noche—. Todas las hermanas son distintas.

—Y tanto —grité desde donde estaba—. Esta nueva hermana nunca te dejará que pongas una lagartija en su esterilla de dormir. Esta nueva hermana te perseguirá hasta tu nueva casa y hará que te quedes allí para siempre.

—Quizá deberíamos desear que fuese un loro maravilloso —dijo Madre suavemente, y se fue a hablar con Padre.

Un día, durante la luna nueva siguiente, cuando yo llegué a casa, Madre no estaba. Padre dijo que había ido a visitar a la abuela. No me cupo duda de que estaba preocupado, porque tenía los labios apretados, tanto que su boca se reducía a una fina línea, cada vez que pensaba que yo no lo veía. Trabajó todo el día en la casa: sacó las esteras grandes para que se aireasen al sol y anudó de nuevo las hojas de palma, para que no hubiese goteras con la próxima tormenta. Cuando Noche y yo se lo pedimos con ilusión, jugó con nosotros a las adivinanzas, pero lo que de ninguna manera quiso fue hablar de la nueva hermana. Dijo que era demasiado pronto.

—¿No deberíamos ir pensando en el

nombre? —le sugerí—. Es como jugar a las adivinanzas.

—Cuando llegue el momento ya sabremos su nombre —dijo Padre—. Cada cual escoge su propio nombre, o es el nombre el que escoge a cada cual. Así fue en tu caso, Alba. Antes de conocerte, ¿cómo podríamos haber sabido cómo eras?

—Si lo hubieseis sabido... —empezó a decir Noche.

—Cuánto nos habríamos alegrado —terminó Padre su frase—. En cambio, contigo, siendo un murciélago que duerme de día...

—No, un experto en la noche —insistió Noche.

No sabía cuánto tiempo iba a pasar Madre fuera, pero el día transcurría muy lento sin ella. Me di cuenta porque eran demasiadas las cosas que echaba de menos: su voz cuando me llamaba a comer; sus dedos, cuando me peinaba por la mañana o me desenredaba el pelo por la noche; el apacible y cálido murmullo de sus conversaciones con Padre. Hasta Noche oteó el sendero esperando su regreso, por más que fingiese que le daba igual.

Pero en vez de Madre, fue Padre el que entró en la casa al día siguiente, a una hora a la que habitualmente habría estado de pesca.

—Madre volverá mañana —nos dijo a Noche y a mí.

—¿Con la nueva hermana? —le quise recordar—. ¿Ya la has visto?

Padre tomó asiento y apoyó la espalda contra la pared. Parecía cansado, pero no somnoliento. Dio unos golpecitos en el suelo, a su lado, para que Noche y yo nos acercásemos.

—Esta vez no tendréis una nueva hermana —dijo.

—¡Entonces es un nuevo hermano! —a Noche se le escapó incluso un aplauso.

—No, tampoco será un nuevo hermano. Al menos, no esta vez.

La voz de Padre era diferente, mientras nos decía todo esto, pero no sabría decir por qué. No es que estuviese enojado, ni que estuviese de broma, ni tampoco que... No, tampoco es que estuviese paternal. Era casi como si estuviese hablando a solas consigo mismo y nosotros lo escuchásemos a hurtadillas, como si estuviese dejando que nos enterásemos de algo, pero sin hacérnoslo saber. Tenía los ojos del color del cielo una noche lluviosa.

Miré a Noche, mi hermano, y me di cuenta de que tenía miedo. Tenía el cuerpo rígido, abrazaba sus rodillas y las apretaba contra el pecho, tenía las manos cerradas, prietos los puños, la boca cerrada, los hombros encogidos como las alas de un ave que aguarda a que sople un vendaval antes de alzar el vuelo. Me miró de reojo, y fue muy extraño, porque creo que ésa fue la primera vez en que los dos nos vimos realmente el uno al otro. Claro está que yo sabía cómo era él por fuera. A veces incluso sabía cuándo estaba a mis espaldas, sin tener que darme la vuelta. Pero nunca se me había ocurrido preguntarme demasiadas cosas acerca de él. Era simplemente... No sé, siempre había estado ahí al lado, opuesto a mí en todo, y entonces, de repente, me di cuenta de que en cierto modo los dos éramos iguales.

—¿Está Madre enferma? —pregunté a Padre, pero sin quitar la vista de Noche, y él sostuvo la mirada, esperando a ver qué es lo que yo iba a oír de Padre.

Padre se sentó y nos rodeó a cada uno con un brazo, arrimándonos más a él.

—No, tu madre está bien —dijo, y vi que Noche se tranquilizaba, de manera que yo también me relajé.

—Sin embargo... —prosiguió al rato—. Sin embargo... —Noche miró muy atento a Padre—, está... disgustada.

—Porque la nueva hermana que esperábamos no ha venido —susurré.

Padre no me contestó, pero yo supe que sí: también él estaba disgustado.

Y caí en la cuenta, de este modo, que también yo lo estaba. Quizá estaba incluso más que disgustada. Me sentí como me sentía a veces, cuando alguna de las muchachas mayores, como mi prima Pies Grandes, jugaba con demasiada fuerza en el mar, salpicándome todo el rato incluso cuando le decía que parase, que ya estaba bien. Esto todavía me da ganas de llorar.

Cuando madre regresó de casa de la abuela, se alegró mucho de verme. Me estrechó contra su pecho durante mucho rato, acariciándome el cabello mientras repetía mi nombre una y otra vez. Por fin dio un paso atrás y me tomó de ambas manos. Se le notaba la tristeza en el rostro, y yo no supe qué decirle. Oí entonces un ruido y por la puerta, detrás de ella, vi a mi hermano. Se detuvo como si estuviese pendiente de oír una señal, una señal mía.

—Mira, Madre —dije—. Noche ya está aquí. Ha estado esperándote todo el tiempo, esperando a que volvieras a casa.

Se dio la vuelta y Noche entró corriendo en la casa y se abrazó a su cintura con sus brazos esbeltos y morenos, al tiempo que apretaba la cabeza contra su vientre. Vi una llamita encenderse en los ojos de Madre, y cuando se arrodilló para acariciar la cara de Noche y para besarlo en las mejillas, los hombros de mi hermano dejaron de estar encogidos, se olvidaron del miedo. Respiré hondo y la tensión desapareció. Ver así a Madre y a Noche me pareció tan perfecto, tan como debía ser, que, por un instante, un largo instante, no deseé ser yo la que estaba en sus brazos, como otras veces me solía ocurrir. No registraba nada más que ese momento de felicidad.

Capítulo cuarto

Noche

No pienso ir a casa. Llevo el día entero escondido entre estas rocas; no salí cuando oí que Alba me llamaba por mi nombre, aunque pasó muy cerca del escondrijo en que estaba yo agazapado. Por fuera, sin moverme, podía parecer una roca más. Cerré los ojos, dejé de respirar. Pensé que el sol iba caldeando mi superficie y proyectaba sombras de las partes salientes de mi cuerpo. Pensé en lo agradable que sería que las olas salpicasen a tal altura que las gotas de agua llegasen a mojarme la piel. Deseé que algún pájaro se posara en mis espaldas, pero me acordé entonces de lo agudas y punzantes que pueden llegar a ser las garras de algunos, así que confié después en que los pájaros encontrasen otras rocas en las que posarse.

Mi hermana pasó muy cerca de donde yo estaba, pero sin fijarse en mí, porque en realidad iba buscando a un muchacho, un ser humano que tal vez quisiera ir a comer, y porque no buscaba en cambio una roca que no necesita comer, que no necesita dormir a resguardo, que no tiene por qué preocuparse, aunque haya cometido un error.

Así fue pasando la tarde, y pensé en todo lo que podría pensar una roca: en el viento, en la lluvia, en las cosas que pueden salir a vagar por la noche, y que bien podrían pasearse por mi cara. Me alegré de no tener que beber, porque si tuviese que beber antes o después me entraría sed. Me pregunté si el resto de las rocas que había alrededor también habrían cometido errores. En voz muy, muy baja, se lo pregunté, pero por más que agucé el oído, por más que escuché como escucha una roca, y no un muchacho, no me llegó ninguna contestación. Quizá les diese miedo hablar. Quizá estuviesen esperando a ver qué clase de roca era yo. Quizá hubiesen oído los pasos de mi madre incluso antes que yo.

Apenas abrí un ojo, una rendija tan estrecha que la luz parpadeó tal como parpadea cuando el sol arranca destellos de un estanque poco profundo. Fue extraño ver a mi madre, mientras que ella ignoraba que estaba yo allí; fue tan extraño que casi se me olvida que mi madre era mi madre. Para una roca, no eras más que una mujer de escasa estatura, cuyos cabellos arremolinaban alrededor de su cara las ráfagas de viento y cuyos dedos iban retorciendo las hierbas secas que llevaba en el regazo hasta formar un cordón muy prieto; una mujer que pensaba en voz alta, porque no tenía ni idea de que alguien podría estar oyéndola.

—¿Dónde podrá haber ido Noche? —se preguntó—. Todos están muy preocupados, porque tal vez se ha ido navegando a otra isla, o puede que se haya ido volando por los aires, muy arriba, para reunirse con las estrellas de la noche que le han dado su hermoso nombre...

Suspiró, aguardó un instante y continuó. Estaba tan cerca de mí que podría haberla tocado, sólo con que mis brazos hubiesen sido de nuevo brazos, sólo con que hubiese dejado de ser roca para ser de nuevo un muchacho.

—Pero Noche no se marcharía nunca sin decir adiós —decidió mi madre—. Aunque hubiese cometido un grave error, aunque hubiese estado jugando con la canoa de su padre, aunque después se hubiese olvidado de subirla por la playa hasta un lugar donde la

marea no se la pudiera llevar, aunque así fuera
sabría de sobra que lo echaríamos muchísimo
de menos si desapareciese sin decir adiós.

Cerré el ojo y me concentré en ser una
roca de pies a cabeza. Me hundí tan a fondo
en la tierra que ninguna estaca habría basta-
do para desenterrarme de mi sitio, por más
fuerza que emplearan en hacer palanca. Me
hice tan duro que ningún árbol, ningún arbus-
to podría jamás echar raíces en mi superficie.
Mis pensamientos se tornaron lentos, lentos,
hasta que la quietud de la tierra me envolvió
de espesos algodones. En algún sitio, pero
muy lejos de donde yo estaba, oí desperezarse
a mi madre, la oí levantarse. No sentí en cambio su mano, muy suave al rozar mi pie, cuando buscó más hierbas para trenzar. Me pregunté si no lloraría de noche por mí, como
había llorado por la nueva hermana que después de todo nunca llegó. Si llorase, yo sí
regresaría, sólo que no iba a regresar al menos hasta entonces.

Después de que se marchó mi madre,
pasé otro rato muy, muy largo, a solas conmigo mismo. No tenía nada en qué pensar, salvo

en los calambres que notaba en las rodillas, dobladas por el peso de mi cuerpo que se esforzaba por tener forma de roca. Pasé la lengua por los labios por si se hubiese formado algo de rocío, cuando un mosquito zumbó al posarse cerca de mi oído, lo espanté con una sacudida tan rápida que si alguien me hubiese estado observando habría pensado, por supuesto, que la vista le estaba jugando una mala pasada. Me fui haciendo más pesado, más recio, tan sólido que podría anclarme como un barco, sin que ya nunca me importase con qué fuerza pudiera tirar de mí el Océano.

Hay cosas en las que me fijé siendo una roca, y son cosas en las que nunca había caído en la cuenta siendo un muchacho. Sentí desplazarse, a medida que el sol iba deslizándose por el cielo, una sombra que se proyectaba sobre mi cuerpo. Había una línea que separaba el frío del calor, una línea que muy subrepticiamente fue reptando por mi pierna, subió por mi espalda, hasta encaramarse a mi mejilla. Pude notar el olor de la piel de mis brazos, un olor dulce y cálido, como el de ninguna otra cosa de este mundo. Pude contarme los dientes con la punta de la lengua, sentir los latidos de mis venas que como ci-

garras silenciosas se llamaban una a otra des-
de cada una de mis muñecas. Cuando era
roca me conocí a mí mismo mucho mejor de
lo que llegué a conocerme cuando era persona,
por partes, despacio, sin que nada me llevase
por ir deprisa y corriendo, a pasar por encima
algo de importancia. Cuando llegó la hora en
que el cielo se vuelve rojo, había aprendido
muchas cosas que ya nunca iba a olvidar.

Entonces oí aproximarse a mi padre.
Se detuvo casi exactamente en el mismo sitio
en que había estado sentada mi madre, y se
acuclilló igual que suele hacer muchas veces,
cuando está pensando en algo.

—Qué suerte que el hermano de mi
mujer, Diente Afilado, haya encontrado mi
canoa —dijo mi padre para sí—. Qué suerte
que no se haya estropeado, y que ahora esté
de nuevo a buen resguardo, bien amarrada en
la parte alta de la playa. Qué alivio sentirá mi
hijo, Noche, cuando sepa que todo ha salido
tan bien. Claro que ¿cómo puedo hacer que se
entere, si no sé dónde está?

Dejé de ser una roca y me convertí en
un oído, en un oído enorme, capaz de escu-
charlo todo.

—*De todos modos, aunque la canoa se la hubiese llevado la corriente, y aunque se hubiese hundido entre las olas, nunca dejará de ser más que una canoa* —prosiguió mi padre—. *Siempre sería posible sustituirla por otra, con unos cuantos días de trabajo, sobre todo si cuento con la ayuda de un hijo fuerte y sensato, que me echaría una mano a la hora de vaciar el tronco. En cambio, no hay manera de sustituir a un hijo por ninguna otra cosa. Ni siquiera por algún nuevo hijo que, quién sabe, tal vez llegue algún día. Ni siquiera por una buena hija que se sintió todo el día muy sola, pensando en su hermano, y preocupada al pensar que quizá tuviese hambre o sed, o que tal vez no supiese el camino de vuelta a casa.*

Procuré imaginarme a Alba preocupada por mí. Qué difícil...

—*Cuando Alba me dijo que había estado enredando con mi canoa y que al dejarla no había tenido en cuenta que la marea iba a subir* —dijo mi padre—, *me enfadé mucho.*

—*Pero no fue ella* —dije.

Mi padre se puso en pie de un salto, miró en todas direcciones.

—*¿Noche?* —llamó—. *Noche, ¿estás ahí?*

Me desdoblé, volví a ser de nuevo el hijo de mi padre, pues había percibido alegría en su voz.

Al entrar en casa pude ver en seguida el rostro de mi madre. Y detrás de ella, los ojos de mi hermana brillaban intensamente.

Capítulo quinto

Alba

El agua nunca se queda del todo quieta. Cuando ya por fin casi logro verme la cara, cuando los ojos y la nariz a punto están de aquietarse y formar una imagen que después podré recordar, salta un pez del agua o cae una hoja en la superficie del estanque o Noche arroja un guijarro sobre mi reflejo y me rompo en mil añicos relucientes. No entiende que yo sienta curiosidad por saber qué ven los demás cuando me miran.

—Te ven a ti —me dijo, como si eso contestase a mi pregunta.

Estábamos recogiendo fruta madura en los árboles que hay detrás de la casa.

—Pero, ¿qué soy yo? —le pregunté—. Yo no me podría reconocer de ninguna manera, a menos que me encontrase en el fondo de un estanque tranquilo, mirando desde abajo como yo miraba desde arriba...

—Pues tú eres... tú —se le acabó la paciencia y se marchó a reunirse con su amigo Pluma Roja.

Y sin embargo..., ¿qué quiere decir «tú»? Conozco mis manos muy bien. Las contemplo cuando me limo las uñas con el filo rugoso de una caracola rota. Puedo extender los dedos y hundir la mano en la arena mojada, para ver qué forma deja impresa. Una vez intenté hacer lo mismo con la cara, pero sólo quedó un agujero sin forma, y el pelo sucio de arena.

Conozco cómo es mi cuerpo, incluso las plantas de los pies. Conozco el color de mis brazos, moreno como el interior de un ñame puesto a secar al sol, y sacando mucho la lengua alcanzo a ver su color rosado.

—Háblame de mi cara. ¿Cómo es? —pregunté a mi madre un día, cuando paseábamos por la playa.

Se paró, se volvió hacia mí con expresión confusa.

—¿Qué quieres que te diga de tu cara?

—¿Es alargada y llena de arrugas, como la de la abuela, o redonda como un coco, igual que la de Noche? ¿Tengo los ojos tan sabios como los tuyos o tan prestos a reír como los de Padre? ¿Tengo los dientes tan negros como los troncos de las palmeras?

Madre ladeó la cabeza y se dibujaron unas arrugas en su frente.

—No creo que nunca te haya mirado de ese modo —dijo—. Para mí tú siempre has sido lo que eres, distinta a todos los demás.

—Pero es que quiero saber cómo soy —le rogué.

Madre asintió.

—Sí, me acuerdo de haber sentido lo que sientes. A ver, inténtalo así.

Me tomó de la mano y la guió hasta posarla en mi cuello.

—Comprueba —me dijo—. Suavemente. No, cierra los ojos y piensa en lo que sientes en las yemas de tus dedos. Compáralo con esto —me tomó de la otra mano y la colocó sobre su cara, la cara que yo conocía mejor que ninguna otra.

Recorrí con los dedos la línea del mentón. El mío era más pequeño, más puntiagudo. Su rostro parecía más lleno.

—Tienes la boca más grande que yo —exclamé, descontenta conmigo misma.

—Eso es porque estoy sonriendo, Alba.

Y de pronto también a mí se me ensanchó la boca, y las mejillas formaron como
dos colinas a uno y otro lado.

Después encontré las pestañas de sus
ojos y las de los míos, y seguí moviendo los
dedos más arriba. Aun sin mirar, pude ver la
curva de las oscuras cejas de Madre. Era una
curva tan pronunciada que siempre parecía
sorprendida por todo, sorprendida y encan-
tada.

—Yo las tengo rectas —dije.

—Igual que tu abuelo.

La cara de mi abuelo siempre refleja-
ba cansancio. Habría preferido esa expresión de sorpresa que transmitían las cejas de
mi madre.

—A ver esto otro —Madre adaptó mis
dedos a la forma de la punta de la nariz.

Sentí cómo entraba y cómo salía el
aire por mi nariz. Sentí el olor de la fruta que
había estado recogiendo con Noche.

Por último pasamos a las orejas, y en
la oscuridad me resultaron tan delicadas y
tan complicadas como el interior de una caracola, pero más suaves.

—Las orejas sí las tenemos iguales
—dije.

Madre puso su mano en mi oreja y la palpó con delicadeza, recorriendo todos los recovecos.

—Tienes razón —me pareció que le agradaba tanto como a mí.

Abrí los ojos y memoricé la forma de sus orejas. Al menos, esa parte sí que podría reconocerla.

—¿Te ha servido de ayuda? —me preguntó—. ¿Conoces ahora a Alba mejor que antes?

—Oh, desde luego —dije—. Tiene la barbilla como una estrella de mar, y las cejas como las nubes blancas que hay sobre el horizonte. La nariz no está del todo mal. Las mejillas son como dos montañas cuando sonríe. Lo único que tienes como hay que tener son las orejas.

Madre se puso la mano delante de la boca, como hace siempre que le entran ganas de reír y no quiere que nadie la vea reírse.

—Ésa es mi Alba —dijo—. Así es ella, exactamente así.

Al día siguiente, cuando estaba despertándome y Noche estaba a punto de dormirse sobre su esterilla, me incliné acercándome a él.

—Oye, ¿cómo tengo la barbilla? —le pregunté.

Parpadeó, frunció el ceño y entornó los ojos mientras lo pensaba.

—Como una estrella de mar —dijo por fin.

Me quedé muy preocupada, hasta que me di cuenta de que me estaba tomando el pelo.

—Oí que Madre se lo decía a Padre —confesó cuando le pellizqué—. Pero no sé qué quieres que te diga —se frotó el brazo; mi pellizco se lo había enrojecido—. A mí me recuerda más a la punta de esa roca que sobresale del Océano cerca de la punta norte de la isla. Sí, ésa que llaman «la Estaca del Gigante».

—Claro, tú no tienes que sentir curiosidad por tu cara —musité—. Te basta con esperar a que una medusa se acerque flotando a la orilla y se quede varada cuando baje la marea. A veces, cuando veo una medusa así, me parece que eres tú, enterrado hasta el cuello en la arena.

Cuando salí, Padre estaba sentado so-

bre un tronco, colocando un colmillo de tiburón en la punta de su arpón, para irse de
pesca.

—¿Quién será ésta —le preguntó a su
arpón—, que tiene las orejas de mi mujer
pegadas a cada lado de la cabeza?

—Tú también te ríes de mí —dije—.
¿Qué tiene de raro el querer saber algo que
todos los demás ya saben, eh? ¿Por qué iba
a ser mi cara un secreto para mí?

—Hay una forma de saber ese secreto
—dijo Padre afectuosamente, y me hizo un
gesto para que me acercase a él. Se arrodilló,
de tal manera que nuestras caras quedaron a
la misma altura—. Mírame a los ojos —dijo—.
¿Qué ves?

Me acerqué a él, miré fijamente los
círculos castaños oscuros de sus ojos, y fue
como arrojarme al estanque más profundo
de todos los estanques. De repente vi que
dos muchachas muy pequeñas me miraban
desde sus ojos. Tenían las dos el rostro claro,
las cejas rectas como canoas, las barbillas tan
puntiagudas y tan limpias como los limones.
Mientras las miraba, se les ensanchó la boca
a las dos. Eran muy bonitas.

—¿Quiénes son? —no era capaz de

apartar la mirada de aquellas dos caras nuevas, tan curiosas—. ¿Quiénes son esas muchachas tan bonitas que viven en tu cabeza?

—Son la respuesta a tu pregunta
—dijo Padre—. Y aquí estarán siempre que
quieras encontrarlas.

Capítulo sexto

Noche

*Lo primero que el viento movió fue mi
sangre. Empezó a correr más deprisa por mis
brazos y mis piernas, golpeteando contra mi
piel, como si fuese un aviso. Miré al este, por
donde el cielo apenas empezaba a tornarse
sonrosado; en vez de pálidas, las nubes eran
de color de los guijarros más oscuros que es-
parce el agua por la arena mojada.*

*La lluvia, cuando empezó a llover, no
caía como debiera, sino lanzada con fuerza de
costado, hacia el Oeste, veloz como una ban-
dada de gorriones que persiguiera a una ga-
viota hambrienta después de que ésta hubiese
atacado sus nidos. Las ramas de las palmeras
y las altas hierbas que hay en la marisma,
detrás de nuestra casa, muy pronto se inclina-
ron en la misma dirección. Hasta la tierra
procuró aplanarse, alisarse tanto que la tormenta pudiera deslizarse rápidamente por
ella, sin enganchar ninguna cosa.*

Había estado fuera, estudiando el cielo desde las yucas de nuestro huerto, y había visto ahogarse las estrellas una a una; había sentido en mi cuerpo el tirón de la tormenta. Nuestra casa, al otro lado de la pradera en donde me encontraba, crujía y se inclinaba, como si pidiera a gritos que algo la soltara del suelo. Al resplandor de un relámpago vi a mi padre de pie en el umbral. El cabello le volaba a un tiempo en todas direcciones. Hasta sus ojos parecían estirarse, y en su rostro vi una preocupación que sólo había visto antes otra vez, aquella vez en que los visitantes malignos, con los cuerpos pintados de blanco, por la muerte, pasaron en tres grandes balsas por el sur de la isla más cercana.

Mi padre llamó a mi madre; ella apareció detrás de él y se abrazó a su cintura con los dos brazos. A su lado, Alba parecía nerviosa.

—¡Noche...! —mi madre gritó desafiando la fuerza y el estruendo del viento.

Protegiéndose los ojos de la lluvia con una mano, barrió con la vista el terreno que se divisaba desde la casa buscando dónde podría haberme refugiado.

—¡Estoy aquí...! —grité.

Pero mis palabras se las llevó el viento también hacia Oeste, y no pudieron oírlas, de modo que me puse en pie y eché a andar hacia el claro en que estaba nuestra casa. Entonces me sentí empujado, arrastrado por un puño gigantesco que me agarraba de la espalda, de las rodillas, y lo único que alcancé a oír fue el gemir de una montaña de ruidos, el azote de las hojas. La arena me dio de plano en la cara; entornando los ojos puede ver a Alba, que señalaba con un dedo hacia mí. Mi padre se agachó, se puso a cuatro patas y reptó hacia mí, agarrándose primero al tocón de un árbol, luego a una roca. De pronto me encontré otra vez tendido en el suelo. Intentaba agarrarme también a algo, algo que no fuera a soltarse, pero tan pronto lograba cerrar los dedos aferrándome a una planta, ésta se rompía en dos; tan pronto encontraba con las plantas de los pies una raíz en la que con suerte podría apoyarme, me veía sacudido hacia un lado, hacia adelante, golpeteando contra la tierra como si fuese una piedra plana arrojada de lado a un estanque. La lluvia caía por delante y por detrás de mí, alrededor de mí como una ola espesa; todo era agua en movimiento,

*agua que me sacudía y que gemía y que gri-
taba mi nombre.*

*No, era la voz de mi padre, que sonaba
distinta debido a su preocupación, más alta y
más fuerte que nunca. No pude entender todo
lo que dijo; sólo palabras sueltas, como «encontrar», «ven», «ayuda», y entonces una ex-
traña calma se vertió sobre mis pensamientos,
y empecé a ver lo que me estaba ocurriendo
como si le estuviese ocurriendo a otro. Vi mis
brazos mojados, vi mis piernas en tensión. Vi
el tejado de nuestra casa, vi las hojas de palma amarillentas empaparse hasta volverse
mucho más oscuras y convertirse en una tor-
tuga alada y levantar el vuelo. Vi árboles,
grandes y pequeños, chocar unos con otros.*

*Pero no tuve miedo. Veía todo el rato
la cara de Alba, y me sentía igual que ella:
interesado, curioso, asombrado de que pudiera haber tormentas de esa magnitud. Lo miré
todo de esa manera que miramos cuando sa-
bemos que eso lo deseamos recordar: miré con
lentitud, aunque todo estaba ocurriendo muy
deprisa. Miré con todo cuidado, aunque todo
fuese confuso. En alguna parte, dentro de mí,
pensé que si pudiese recordar todo lo que esta-*

ba viendo, *algún día podría engarzarlo todo y contar un buen cuento.*

Lejos de donde yo estaba mirando, algo me arañó la espalda, mi cadera rebotó contra una piedra, mi pecho se aplastó tanto que me fue difícil respirar. Lejos de donde estaba yo escuchando el aullido desatado del viento, entremezclado con los chillidos de las aves, noté que iba dando traspiés hacia una zona de la isla en la que no crecía la hierba, en la que los corales eran puntiagudos, peligrosos. Lejos de donde estaba yo amando la tormenta, caí en la cuenta de que la tormenta podía hacerme daño. Pese a todo, no tuve tiempo de asustarme; había tanto que ver que no pude cerrar los ojos. No quería que aquello terminase.

A mi derecha había un árbol muy grande, un árbol muy especial, de los que tienen raíces como dedos largos que se hunden en la tierra. habitualmente, en sus ramas se posaban cientos de papagayos rojos. Era un sitio en el que la gente se sentaba en las ocasiones importantes. El tronco era tan gordo, la corteza tan vieja y tan esculpida, que en sus dibujos se podía encontrar el rostro de todos los que habían muerto, si es que tenías necesi-

dad de hablar con ellos una vez más. Allí fuimos a buscar a la nueva hermana cuando ella no vino, y allí estaba ella, no muy lejos de mi abuelo.

A pesar de la luz tenue y gris, a pesar de llevar los truenos en los oídos, a pesar de haber perdido la orientación, de no saber ya qué estaba arriba y qué abajo, me di cuenta de que iba acercándome más y más al árbol. De pronto lo vi elevarse altísimo delante de mí y, aunque era cierto que Madre me llamaba por mi nombre y que mi padre aún seguía avanzando a duras penas hacia el sitio en el que yo estaba mucho antes, y que Alba querría al día siguiente que le contase con pelos y señales todo lo que me había ocurrido durante la tormenta, y que estaría muy celosa de que me hubiese pasado a mí, y no a ella, tuve la certeza de que éste sin duda sería el único árbol que al día siguiente estaría en el mismo sitio en el que estaba hoy.

No pude desplazar mi cuerpo exactamente a donde quería llevarlo, y tampoco pude detenerlo, pero al cargar el peso hacia un lado sí pude cambiar un poco de dirección. Volví a hacerlo; lo hice otra vez. Y otra vez más. Y a la cuarta di con la mano contra uno

de los larguísimos dedos del árbol, al que me agarré con todas mis fuerzas, sujetándome. Al cabo de un rato el viento dejó de soplar por completo, como si se hubiese detenido para inspirar a fondo y seguir soplando luego con más fuerza; aproveché la oportunidad para apretarme más contra el tronco. No estaba solo allí. Caracolas y flores, y hasta un pájaro y una serpiente azul, se habían estrellado contra el árbol y se hundían en sus pliegues más profundos. Ablandándome todo lo que pude, dejando que mi espalda encontrase la forma más adecuada, me encajé en una especie de concavidad poco profunda que nunca habría podido percibir sólo con los ojos. Mientras fuese capaz de mantener el equilibrio, inclinándome en dirección opuesta a la que quería inclinarme el viento, formaba parte del árbol, era otra cara más de las que miraba desde allí el mundo, vigilando. Tenía las orejas tan pegadas a la corteza, que casi podía escuchar cómo discutían y bromeaban los otros que allí estaban cantando y salmodiando en su peculiar lenguaje.

El viento se enojó mucho al notar que yo había encontrado una fórmula para no salir por los aires. Me azotó las mejillas y me sacudió la cabeza y me tiró de los codos. Y casi tan de repente como había llegado, toda mi calma desapareció, me la arrebataron.

—Madre —exclamé—. Padre. Estoy aquí.

Al principio no hubo respuesta, no oí más que el rugir del viento, pero luego...

—No te apures, Noche —oí una voz nudosa como una raíz, enroscada en sí misma como un nudo de la madera del árbol—. Quédate con nosotros y estarás a salvo.

Era mi abuelo, que hablaba desde muy arriba.

—Eres tú, ¿no? ¿Eres tú? —susurré.

Le oí reír entonces tal y como recordaba su risa cuando me abrazaba contra su cálida piel y me contaba cuentos que hablaban siempre de cómo sería yo cuando me hiciese hombre.

—Estaré contigo mientras dure la tormenta —dijo—. Tienes que quedarte muy quieto, y nunca digas a nadie que he estado aquí; nunca cuentes a nadie lo que yo te diga. Será un secreto entre nosotros dos.

—Déjame al menos contárselo a una persona —supliqué.

—Nunca te conformas, Noche —suspi-

ró—. *En fin, como quieras. Díselo solamente a Alba, pero te aviso que ella no te va a creer.*

Después charlamos, charlamos y seguimos charlando...

Más tarde, cuando de nuevo la lluvia volvió a buscar el suelo, cuando las grandes hojas que aún no se habían desgajado de las palmeras recobraron sus formas habituales, cuando vi que mi madre venía corriendo hacia mí por entre una maraña de ramas partidas, y cuando oí a mi padre prometerle que muy pronto iban a encontrarme, di las gracias a mi abuelo y me despedí de él.

Capítulo séptimo

Alba

No había muerto nadie. La tempestad no había destrozado nada que no pudiera repararse o construirse de nuevo. ¿Quién iba a necesitar un techo bajo el cual cobijarse, cuando el sol brillaba como un buen amigo, o cuando las estrellas relucían allá en lo alto, vigilando nuestros sueños? El vendaval había abierto un nuevo sendero por en medio de la isla, un sendero ancho y despejado, a lo largo del cual lo viejo se volvió de pronto nuevo, limpio, dentro de una distribución distinta de las cosas.

Padre, Madre y yo recorrimos el sendero abierto por el viento y nos encontramos a Noche acurrucado en brazos del árbol en el que la nueva hermana descansaba junto al abuelo. Cuando contamos a la abuela lo que había sucedido, es decir, cómo se había resguardado y protegido mi hermano, una sonrisa afloró en su rostro, entornándole los ojos pequeños, oscuros, y alargándole la barbilla, acercándosela al cuerpo, cada vez que inclinaba la cabeza. Nos contó que el abuelo una vez también había salvado a Padre, hacía mucho tiempo, del ataque de un tiburón; así fue como obtuvo su nombre de viejo, Brazos Rápidos.

La gente de las otras familias no pudieron quedarse en sus casas. «Las casas no aguantaron en su sitio —bromeaban al pasar por delante de nosotros—, así que, ¿por qué íbamos a quedarnos nosotros?»

Qué fácil fue, aquel primer y largo día, recoger aquí y allá todo lo que necesitábamos. Las palmeras ya estaban derribadas en el suelo, perfectas para cortar sus grandes hojas y fabricar un techo. Los cocos estaban esparcidos allí donde los había tirado el viento, a veces en sitios inesperados: en grandes charcas, en zonas en las que las charcas se habían desbordado; los peces plateados habían sido arrastrados por el mar, y era posible encontrarlos más fácilmente que nunca.

Las mareas habían dejado la playa llana y lisa; más allá, el agua estaba pespunteada de oro, en donde el sol acariciaba la ondulación de las olas.

Claro que había muchísimo trabajo por hacer..., pero tampoco íbamos a hacerlo todo el primer día, decidió Padre, ni tampoco el segundo. En cambio, dijo que era una ocasión inmejorable para ser felices todos juntos, para bailar y hacer música con los troncos huecos, para ver los juegos de pelota, para despedirnos, cantando, del vendaval ya pasado, para compartir todos los alimentos que el viento nos había regalado a modo de compensación. Era el momento ideal para que cada cual contase una historia, para que la representara mientras todos los demás atendíamos a su relato, asustados, o tapándonos la boca con ambas manos, cuando la risa era tan intensa que no la podíamos contener.

Madre encontró ramas secas, encendió fuego bajo su puchero y asó después batatas dulces en un hoyo que cavó en la tierra. Noche y yo buscamos entre los árboles, miramos bien bajo las ramas y las hojas caídas, hasta encontrar frutos que no habían reventado. Procuré no contar, no fijarme en que descubrí tres más que él. Después de todo, tenía los brazos más largos que él; además, también sabía que la historia que él iba a contar sería seguramente mejor que la mía.

Una nutrida multitud —abuelos, adultos, niños y bebés— se había congregado cerca de «la Estaca del Gigante», el sitio en que las rocas forman una curva y se adentran en el Océano. Al principio estuve tímida, más que nada por ver reunida a tanta gente, algo que casi nunca sucedía, salvo cuando había una boda o cuando alguien se moría. También hubo otra cosa distinta, aunque durante un buen rato no pude saber de qué se trataba. Al cabo de un rato, caí en la cuenta. El viento había barrido la mayor parte de los mosquitos más pequeños, esos que son todo boca, los que comen y comen y comen sin llenarse nunca. Normalmente, cuando no soplaba el viento, la gente tenía que encender hogueras para frotarse después con cenizas u hollín todo el cuerpo, para así ahuyentar a estos mosquitos de voraz apetito. En tales ocasiones nos convertíamos en un pueblo gris de pies a cabeza, salvo los ojos, los labios y el pelo. Pero ese día estábamos tan resplandecientes como las hojas mojadas; cada uno se había pintado y decorado a su manera, todos distintos. Unos llevaban hojas doradas y aplanadas en los lóbulos de las orejas, otros se habían engalanado el cabello con brotes de hibisco, o se habían colgado del cuello largos collares de semillas.

Lo mismo daba adónde volviese la vista, por todas partes había comida y más comida: todas las familias habían preparado sus recetas secretas, todas habían traído platos para que los probásemos los demás, y había más comida de la que podía imaginar.

Noche, posiblemente por estar muy seguro de que todos admiraríamos la aventura que nos iba a contar, no estuvo tímido. Llegó corriendo antes que nosotros, con las manos abiertas, y probó cosas maravillosas de todas las esterillas por delante de las que fue pasando.

No me paré a pensarlo demasiado; estaba acostumbrada a que mi hermano era todavía un niño, y él simplemente se comportó tal y como se comporta un niño, y no puede decirse que eso sea malo. Me acordé de cuando también yo podía corretear a mi antojo, sin preocuparme porque pudiese parecer estúpida, y hubo una parte de mi ser que quiso hacer lo mismo que Noche y hacerlo con él: hacer lo que me viniese en gana, ni más ni menos, sin que la mirada de una tía o de un tío carnal censurase mi conducta, sin que Madre mostrase su vergüenza mirándome muy fijamente. Sólo una vez me habían lanzado una mirada de ésas, y había sido demasiado, había sido más que suficiente para recordarme que, aun cuando todavía no me hubiese convertido en mujer, tampoco era ya una niña.

Y así fue, mientras lo miraba, cómo me di cuenta de que Noche tampoco era ya un niño, de que también había crecido lo suficiente para que no se le consintiese juguetear y retozar así en público; vi alrededor de él esas miradas terribles, dirigidas todas hacia él.

«Así se enterará», pensé, con más justicia que amabilidad.

Pero Noche no se dio cuenta de nada. Tenía en los ojos aún la sorpresa que le había producido el no salir por los aires, llevado por el viento; estaba demasiado orgulloso, demasiado emocionado para darse cuenta de nada.

Un chico mayor que él, llamado Nunca Llora, dijo exactamente lo que yo estaba pensando.

—¡Hambre! —Nunca Llora llamó a mi hermano—. Tienes el nombre que te mereces.

Unos cuantos se rieron aquí y allá, sin siquiera taparse la boca. Padre tocó a Madre en el brazo, justo por encima del codo. Madre apretó los labios, y me di cuenta de lo que sentía: ¿cómo era posible que Noche metiese la pata en un día tan espléndido?

—Ya no soy Hambre —dijo mi hermano a Nunca Llora; lo dijo en voz tan alta que todos pudimos oírle. Estaba tan contento consigo mismo que no había entendido nada—. Ahora soy Noche, porque...

Mi tío, Diente Afilado, lo interrumpió.

—Todavía debe de estar soplando fuerte el viento —dijo a Padre—, porque se entrecruzan las palabras y los significados. Creí haber oído a tu hijo pequeño, a Hambre, decir que ya tiene un nombre de muchacho, pero fíjate qué curioso: sigue igual que siempre, igual que toda la vida.

Mi hermano se quedó de una pieza.

Tenía en las manos alimentos que no podría dejar que se echasen a perder. En la barbilla le brillaba una mancha de miel. Cerró los ojos un momento, y al abrirlos me miró a mí.

No sé cuánto tiempo estuvimos así, pero fue casi como si allí estuviésemos solamente los dos. Era consciente de que oía el ruido de los bebés, de las olas del mar, de las aves al aletear por encima de los alimentos de la fiesta, pero era como si todo lo oyese a través del agua. Noche y yo salvamos el espacio que nos separaba a uno del otro: mirándonos fijamente a los ojos trenzamos un cordel y tiramos el uno del otro, hacia el centro los dos.

—¡Comida! —canté a voz en cuello—. ¡Comida! ¡Tengo tanta hambre que ya no puedo esperar más!

Eché a correr entre la multitud, recorriendo el mismo camino que había seguido mi hermano, probando la comida aquí y allá, como una niña pequeña, llenándome la boca hasta que no podía decir ni mú, y así hasta que llegué al lado de Noche.

Estaba todo tan silencioso que oí el ruido de mis dientes al masticar.

—¡Venga, a comer! —exclamó mi padre tras de mí—. Esta familia está que se muere de hambre. Se nos olvidó comer mientras buscábamos a Noche, nuestro hijo, el que nos guarda y nos vela de noche. Y ahora sólo pensamos con el estómago, claro.

Al darme la vuelta, miré de reojo a Padre, que tomó un fruto en cada mano y se los llevó a la boca. El jugo goteaba de las comisuras de sus labios a medida que iba dando un mordisco tras otro.

—Puede que tú no tengas hambre, pequeño Diente Afilado —dijo mi madre a su hermano—. Puede que durmieses a pierna suelta cuando sopló el vendaval, o puede que no tengas hambre por ser ya tan pesado que ni siquiera un huracán te podría llevar en volandas. Yo, en cambio, tengo un hambre que me muero.

—Y yo también —oí gruñir la voz de la abuela, no muy lejos de donde yo estaba mirando al suelo.

—Y yo —añadió nuestro vecino, llamado Nadé Muy Lejos, que nos había ayudado a buscar a Noche.

Había cambiado el ambiente, y todo el mundo empezó a mirar a mi tío, en vez de mirarnos a mi hermano y a mí. Por un ins-

tante se notó en su cara ese enojo que surge de creer que estás equivocado, pero tan de repente como había dejado de llover el día anterior, huyó de su rostro esa expresión.

—Noche —lo llamó Diente Afilado—, tráeme limones dulces. Encuéntrame un coco en el que beber. Deja que sea yo el primero en oír de tus labios tu historia, para que pueda después presentar a mi sobrino con su nombre adecuado, más tarde, cuando cuentes a todos los demás qué fue lo que te ocurrió.

Los nombres son dones extraños, muy especiales. Hay nombres que cada cual se da sólo a sí mismo, y hay nombres que cada cual muestra al mundo entero; hay nombres que sólo duran un rato y nombres que son para siempre, nombres que vienen de las cosas que cada cual ha hecho y nombres que se reciben a manera de regalos. Nadie iba a olvidar que mi hermano había sido antes Hambre, pero ese día todos escucharían atentos el relato que aclaraba en quién se había convertido. Y también Noche recordaría en lo sucesivo que ya era mayor, que no podía comportarse como un niño. Si el nombre que tienes es verdad, ese nombre es lo que tú eres.

Me tragué la comida que se me había quedado en la boca y alcé la mirada. Noche no se había movido de su sitio.

—Todo está en orden —le susurré—. Puedes ir.

Y así lo hizo, por fin, pero no sin antes hablarme de tal modo que sólo yo pudiese oír sus palabras, no sin antes llamarme por el nombre que siempre usaría después para llamarme a mí cuando estuviésemos a solas, no sin antes haber dicho, muy dulcemente: «La que Está a mi lado».

Capítulo octavo

Noche

Primero me enfadé con mi mejor amigo, Pluma Roja. Vino a mi casa por la tarde, como siempre suele hacer, y nos marchamos los dos a explorar la zona de la isla en la que el vendaval ha barrido la mayor parte de las casas. Yo quería buscar nuestro techo, y aprovechar quizá para encontrar alguna caracola que mereciese formar parte de mi colección de caracolas blanquísimas, sin agujeros, caracolas intactas. Las caracolas así eran lo único que sí me importaba perder, y pensé que era muy posible que el viento sólo hubiese querido esconderlas para que yo no las encontrase, lo cual suponía un juego que, pese a todo, aún podía ganar. Pluma Roja era muy hábil para encontrar cosas perdidas, una de las razones por las que era mi mejor amigo. Y estaba además encantado de verse bien lejos de sus padres, que desde la tormenta se habían gritado el uno al otro más que de costumbre.

Pero a mitad de camino, en medio del marasmo de ramas caídas y de arbustos espinosos, Pluma Roja se detuvo y se llevó una mano a la barbilla, como si fuese un viejo a punto de dárselas de sabio.

—Estoy preocupado, Noche —dijo lentamente—. Creo que tal vez no deberíamos alejarnos tanto.

—¿Y por qué no?

Me pregunté si acaso le daba miedo que el viento volviese a soplar con tanta fuerza, si tal vez temía aburrirse y quería volver a buscar compañía; sin pensarlo, me agazapé en el suelo.

—Verás —siguió Pluma Roja, con ojos astutos—. ¿Y si te entrase de nuevo el hambre, igual que te pasó ayer? ¿Y si te diera por ponerte a mordisquear las cortezas de los árboles, igual que un ratón?

No le contesté. Tan sólo me puse de pie, volví en dos saltos al sendero, cerré los ojos y me tapé las orejas con las manos.

—No seas así, Noche —me llamó Pluma Roja—. No era más que una broma. Lo único que he hecho ha sido repetir lo que mi herma-

no le dijo a su mujer cuando le dije adónde iba hoy contigo.

Miré muy intensamente a un gran árbol que había algo lejos, delante de mí. Dejé que su perfil llenase mis ojos, sin prestar atención a ninguna otra cosa, y cuando llegué con la mirada a la base del tronco, Pluma Roja había renunciado a su intento, y sus palabras ya no me afectaron.

La segunda persona que me enfadó por el mismo tema fue mi padre. Estábamos los dos sentados juntos en el suelo, contemplando las llamas de la hoguera, esperando que un pez envuelto en hojas frescas se asara. Yo no había comido nada desde la fiesta, y en la fiesta tampoco comí gran cosa después de los primeros bocados, de manera que el olor del pescado asado me parecía maravilloso, aromático y espeso, a medida que el humo iba rizándose en el cielo. Cerré los ojos; mi lengua imaginó el sabor al que bien pronto iba a dar la bienvenida. Me resultó tan real que seguramente se me entreabrió la boca, aunque sólo fuera un poco.

—Es bueno que nos guste la comida

—dijo mi padre con esa voz que ponía cuando se comportaba como un verdadero padre, y así me despertó a la realidad en que estaba—. Pero el gusto y el disfrute no desaparece aunque ocultes la fuerza con que te atrae.

Al parpadear, vi que estaba sonriendo. ¡Y qué sonrisa la suya!

—Me voy a la playa —le dije—. Puede que vaya a nado el islote en el que sólo viven pájaros.

Mi padre empezó a decir algo; por un instante, fue como si estuviese a punto de pedir disculpas, como si fuese a pedirme que me quedase y que cenase con él, pero se cortó en seco, suspiró y asintió con la cabeza.

—Ya no eres un niño —dijo—. Puedes hacer lo que te plazca.

Así que ya no tuve elección. Y me fui.

Luego, más tarde aún, bajo un cielo cubierto, del que las nubes habían hecho desaparecer a mis amigas las estrellas, me enojé más que en ninguna otra ocasión.

—No te enfades —la voz de Alba sonó en la oscuridad—. ¿Estás fingiendo otra vez que eres una roca?

—No, ni mucho menos —dije, cambiando rápidamente de idea. Ser una roca era una idea que ya había utilizado; ya no servía.

—Todos están preocupados pensando que tendrás hambre. Les dije que no te ibas a morir de hambre aunque una noche dejaras de cenar, pero Padre me mandó a buscarte. Queremos que vuelvas, así que vámonos. Venga, estoy cansada. Quiero acostarme pronto, para despertarme bien temprano.

—Estoy esperando a que salgan las estrellas —le dije.

—Te estás portando como un crío, y sólo porque unas cuantas personas se han burlado de ti...

Me tapé los oídos con las dos manos. «Que hable todo lo que quiera», pensé. «Que diga todo lo que le apetezca decir. No seré yo quien la oiga.»

Pero las palabras de Alba eran un torrente imparable que se abrió paso entre mis dedos, por más que los apretaba contra mis orejas.

—¡Crece! —dijo—. ¡Hazte mayor de una vez!

La noche ocultó mi enojo. Ocultó mi vergüenza. Dentro de la negrura de la noche,

yo era lo más negro de todo. Si me encerrase mentalmente en la cámara más recóndita de una caracola, ella por fuerza tendría que irse.

Y, por fin, se fue.

—Muy bien —dijo—, pues quédate aquí. Yo no te entiendo.

Oí que sus pasos regresaban hacia el fuego y me quedé a solas. Bueno, en realidad no del todo a solas: seguía estando conmigo mismo. Fueron entonces mis propios pensamientos los que empezaron a discutir dentro de mi cabeza, y fue mi propia voz la que imitó la risa, la que me describió una imagen de mí mismo, con mis manos llenas de comida, en medio de toda la gente que habita en la isla. Nadie olvidaría jamás mi error, nadie me consideraría nunca nada más que un niño pequeño, aun cuando llegase a ser un viejo muy, muy viejo. Volvieron a entrarme ganas de ir al islote en el que sólo habitan pájaros. Volví a desear que el viento me llevase en volandas, que me llevase a cualquier parte, a donde fuera, con tal de no estar en donde estaba.

Al cabo de un rato recordé la última vez en que estuve fuera de casa, a solas y de noche: cuando la tormenta me persiguió sin descanso. La brisa que soplaba del mar me helaba la piel; por todas partes pensé que oía el escabullirse de patas pequeñas, peludas, el cliqueteo de unas garras de ave, los susurros de animales que hacían planes juntos. Hay cuentos en los que creen a pies juntillas los niños pequeños, cuentos acerca de extraños sucedidos, cuentos que esa noche intenté por todos los medios no contarme de nuevo a mí mismo.

Cuando hay luz, por lo general es posible medir hasta dónde ha avanzado el día, cuánto le queda aún hasta morir, mediante la posición del Sol en el cielo o mediante la brillantez del aire; de noche, esa noche sobre todo, no había nada que lo indicase, o al menos no encontré ninguna de las señales que había aprendido a entender para averiguar a qué distancia estaba del principio y del fin del día. Era como nadar bajo el agua, conteniendo la respiración, sin tener la menor idea de la profundidad a la que has llegado. Hay algunos que nunca encuentran el camino de vuelta después de bucear de esa manera; entonces, mientras la gran isla de allá arriba permanecía igual a sí misma, sin cambiar en lo más mínimo, me pregunté si no habría perdido el día para siempre. Me palpé la cara con *los dedos, tal y como Alba me había dicho que hizo una vez con mi madre. Noté cómo abría los párpados y cómo los cerraba: los noté abiertos y cerrados, pero de una y otra forma, siempre vi lo mismo: siempre vi la nada, nada en absoluto.*

Pensé en llamar al abuelo, en preguntarle si no le apetecía hablar un rato más conmigo, pero eso habría sido una descortesía por mi parte. Había pasado muy poco tiempo todavía desde que interrumpí su sueño; de todos modos, me acordé de que en el fondo le encantaba tomar el pelo a todo el mundo. Sabía que estaría de acuerdo en que yo me había portado como un idiota. Pensé en volver a casa, pensé en el pescado que sin ninguna duda me habrían reservado, pero lo que de ninguna manera estaba dispuesto a hacer era darle la razón a Alba.

Cuando ya no tuve nada más en qué pensar, dejé simplemente que el aire pasara en silencio sobre mí. Me convertí en la oscuridad. Escuché mi respiración, cómo entraba y salía el aire de mi boca, igual que las mareas suben y bajan en la playa. Puse ambas manos extendidas y planas sobre la arena y sentí la suavidad de la arena mojada en las palmas.

Olisqueé el aire hasta que llegué a conocer la enorme, inmensa casa en que vivimos, porque no sabía cuánto tiempo tendría que seguir viviendo en esa misma casa. Y sin que yo llegara a percibir el cambio, dejé de estar enfadado. Volví a ser el de siempre.

Tuve que haberme dormido, ya que cuando desperté tres cosas eran diferentes. Habían vuelto los mosquitos que pican, la estrella del alba había salido por el Este y mi madre había venido a sentarse junto a mí. Estaba muy quieta, su cuerpo era sólo una forma difusa y estaba sentada tan plácidamente, con tal naturalidad, que hasta que abrió la boca para hablar no pude estar seguro de que no fuese sino mi deseo de que estuviese allí conmigo.

—Cuéntame qué has aprendido —preguntó, en voz muy baja, como en un sueño.

—De noche —contesté en un susurro muy parecido—, de noche has de ser amigo de ti mismo.

Mi madre inspiró muy brevemente y supe que me había entendido.

Capítulo noveno

Alba

Aún no teníamos techo en la casa. Sobre todo de noche, era como si fuésemos peces dando vueltas en un estanque secreto, cuyas orillas fuesen tan escarpadas que lo único que habíamos podido conocer del mundo era el agua en que vivíamos y el techo aplanado del cielo.

Había sido una larga noche de espera: primero, esperando a Noche. Madre, Padre y yo no solíamos hablar demasiado mientras cenábamos; sin embargo mi hermano siempre tenía algo que contar. Sin él, el silencio se hacía muy presente. Una vez, al oír el piar de un ave, y otra, al golpear la brisa contra las paredes, los tres volvimos al unísono las caras hacia la puerta, dispuestos a celebrar que Noche hubiese decidido por fin dar por terminado su estúpido jueguecito.

Como siguió sin aparecer, los tres fingimos que nos habíamos movido por otros motivos: Padre avivó las brasas para alejar a los mosquitos; Madre se arrodilló para comprobar que aún quedaba agua en el cuenco; yo me rasqué la cabeza.

Después que desapareció el cielo, di a Madre y a Padre las gracias por la cena y salí de casa, igual que hacía siempre antes de dormir. Esta vez, en cambio, no caminé entre los arbustos. Al contrario, seguí la voz de las olas hasta la playa, en donde, cómo no, Noche estaba esperando a que lo encontrásemos. Le dije que estábamos preocupados por él, pero él era muy terco, y rehusó oír lo que yo deseaba decirle. Pensé que podría recordarle, por qué no, esos cuentos que se cuentan a los niños acerca de una gigantesca estrella de mar que por la noche sale del agua y pasea por la orilla, pero como también tendría que regresar yo sola por el sendero, decidí que mejor sería no mencionar siquiera esos cuentos.

En casa, el círculo de ascuas rojas relucía en el centro de la estancia. Madre y Padre, nada más llegar yo a la puerta, miraron a ver si alguien venía detrás de mí, y vi el disgusto pintarse con claridad en sus rostros.

—Bueno, al menos lo he encontrado —anuncié.

—¿Está con Pluma Roja? —preguntó Padre, con el ceño fruncido por el ansia de que alguna de las dos le dijésemos que fuera a buscarlo.

Sin darme tiempo a contestar que no, Madre me interrumpió como si no quisiera oír lo que pudiera decirle.

—Sabes que Pluma Roja se ha quedado en casa de su tío —dijo en un tono de voz que decía más que sus palabras.

Percibí que mi padre de repente recordaba la noticia que Nadé Muy Lejos había compartido con él, a la vez que compartía parte de los peces que había pescado, cuando pasó a visitarnos a primera hora de la noche: la madre y el padre de Pluma Roja habían vuelto a discutir.

—¿Te ha dicho Noche cuánto tiempo piensa pasar fuera? —quiso saber Padre—. ¿Le dijiste que le habíamos guardado su comida?

—Es probable que aún tenga el estómago lleno después del atracón de ayer —dije sin poder impedirlo.

Padre se mordió el labio. A punto estaba de contestar cuando Madre tomó su cuenco y vertió el agua sobre las brasas.

—Es hora de dormir —oí su voz entre el humo.

No es que su voz estuviese enojada conmigo, pero tampoco estaba orgullosa de mí.

Más esperas con el oído atento, más preguntas siguieron mientras los tres yacíamos despiertos, nuestros pensamientos entretejiéndose unos con otros. Noche llenó la casa por entero sólo porque no estaba dentro de ella. Eso es, pienso yo, precisamente lo que pretendía.

Tras un largo rato de quietud absoluta, Madre pasó suavemente a mi lado y salió sin hacer ruido. Después, Padre se dio la vuelta, y los dos pasamos a esperar también a que ella regresara.

Ninguno de los dos contábamos con conciliar el sueño. Yo me estaba adormilando cuando oí que Padre se estiraba, se ponía lentamente en pie y salía hasta la puerta. Lo imaginé queriendo penetrar con su mirada en la oscuridad de la noche, aguzando el oído para averiguar si Madre y Noche estaban ya de camino; lo imaginé esforzándose por captar las voces de los dos traídas por la brisa. Así podría Padre pasar tanto tiempo que poco a poco yo me iría adormilando. Mis párpados se volverían más pesados, la esterilla más cómoda bajo mi peso, el baile de mis ideas más lento, hasta que... Padre entonces carraspearía o tropezaría con mi pierna cuando regresara a tumbarse en su hamaca, y yo estaría de nuevo totalmente alerta.

Por fin, justo cuando el cielo empezaba a tornarse gris con la llegada del alba, mi hora preferida, me dormí profundamente. Y nada más dormirme oí pasos de verdad, y con los ojos entrecerrados vi que Madre entraba en la casa. Llevaba a Noche como un bebé en brazos; le canturreaba dulcemente al oído, y así lo dejó muy suavemente sobre su esterilla. Estaba tan cansado que apenas se movió. Padre se dio la vuelta y alargó una mano para acariciar la cabeza de mi hermano y después la mano de Madre.

—Te han picado los mosquitos —le dijo.

—Sí, pero no mucho —repuso ella.

Muy quieta, dejó que él la atrajese a su hamaca, y los oí hablar suavemente, y oír a Padre reírse de algo que Madre le había dicho, no supe qué. Todos se despertarían tarde por la mañana; todos, salvo yo.

Me puse en pie y, sin hacer ruido, salí de la casa. Fui pisando en los sitios donde el suelo estaba más duro, avancé de lado para no rozar las hojas de las plantas y me agaché para no darme con las ramas bajas. De mi rápido sueño tomé la idea de ir hacia el agua, quizá porque tenía sed, quizá porque ya empezaba a calentar el sol y el pensar en la caricia de las olas sobre mi piel me hacía sentir mucho mejor, o quizá porque el mar me prometía una historia que contar.

Aún no humeaban las fogatas en las casas, y por eso deduje que era muy temprano. No era de extrañar que el mar me llamase. Tenía que sentirse muy solo, sentimiento que fácilmente comprendí; pues ese día nadie tenía buena opinión de mí. Noche estaba molesto conmigo, y Madre y Padre también lo estaban; cada uno tenía sus motivos. Se mostrarían distantes conmigo hasta que les ayudase a olvidar mis palabras, palabras de mala hermana.

Deseé tener conmigo a alguien a quien poderme quejar, alguien que me pudiese perdonar fácilmente, ya sea por haber sido demasiado amable y comprensiva, como lo fui con Noche durante la fiesta, o por haber sido demasiado áspera, como lo había sido la noche anterior. Eché de menos a la nueva hermana que nunca llegó. Estaba segura de que con ella nunca habría discutido. Me pareció un error que nunca hubiese recibido un nombre. La abuela había dicho que nunca habíamos llegado a conocerla bien del todo..., a pesar de lo cual yo sí la conocía. Muy a menudo la tenía presente en mis pensamientos, como esa mañana. Y se me ocurrió entonces una idea tan sorprendente que tuve que dejar de andar: yo podría dar a mi nueva hermana un nombre, un nombre entre ella y yo. Cerré los ojos, contuve la respiración y encontré exactamente el nombre que buscaba: La Que Escucha. Ahora ya era real.

Miré alrededor, miré bien el sitio en donde estaba, para recordarlo sin perder detalle. La isla era toda verde y marrón, las flores rojas y amarillas, el cielo de un azul intenso y muy brillante. A mis pies, la punta de una cosa muy blanca sobresalía de la arena. Me agaché, la desenterré con los dedos y saqué una caracola pequeña, blanca, tan lavada por el mar que no le faltaba ni una esquirla: una caracola pequeña idéntica a las que Noche guardaba con tanto mimo, siempre que estuviesen exactamente así. Mi regalo sería el principio de su nueva colección, que sustituiría a la que la tormenta se había llevado prestada. Y así todo sería tal y como había sido, sólo que quizá mejor. Coloqué la caracola en una cavidad de algas secas, donde pudiera encontrarla más tarde, y eché a correr hacia el agua.

El amanecer arrancaba un fuerte destello del Océano, de manera que me zambullí entre las olas y buceé sin abrir los ojos. Sentí que el cabello subía y flotaba alrededor de la cabeza, y sentí un banco de peces diminutos que pasaron rozándome la pierna. Luego, muy a lo lejos, oí un ruido desconocido y aterrador. Era como el jadear de un animal gigantesco, su ritmo era lento e implacable, peligroso y hambriento. E iba acercándose poco a poco.

Olvidé que estaba aún bajo la superficie hasta que necesité aire. ¡Y cuando salí a la luz del sol, con el agua centelleante alrededor, el ruido resultó no ser nada! ¡Era sólo una canoa! La respiración que había oído era el ruido de sus muchos remos. No era más que gente que venía de visita y, como bien pude ver, no se habían pintado para parecer más fieros: seguro que estaban perdidos o que venían en son de paz.

Me acerqué a nado para verlos mejor, y entonces tuve que contenerme para que no se me escapase la risa. Aquellos extranjeros llevaban todas las partes del cuerpo envueltas en hojas de colores y algodón. Algunos incluso se habían decorado el rostro con algo de pelo, y llevaban rocas muy brillantes en la cabeza. Comparados con nosotros, eran todos bastante rechonchos. Iban en una canoa corta y cuadrada, y a pesar de lo mucho que remaban, iban muy despacio. ¡De qué isla tan lejana y tan atrasada debían venir! La verdad era que reírse así de alguien que venía de visita a la isla, por muy raros que fuesen, habría sido una falta de cortesía, sobre todo porque yo iba a ser la primera de los nuestros que los recibiese. Si me mostra-

se como una imbécil, pensarían que habían llegado a un lugar lleno de imbéciles.

«No cometeré ningún error —dije a La Que Escucha—. No seré buena en exceso, y tampoco diré gran cosa, porque puedo elegir palabras equivocadas.»

Avancé hacia la canoa y los saludé de la manera más simple.

—¡Hola!

Uno de aquéllos me oyó, y se sobresaltó tanto que se puso en pie, entornó los ojos, tan temeroso como yo había estado poco antes. Entonces me descubrió y yo le saludé agitando el brazo, como he visto que hacen los adultos cuando llegan visitantes a la isla, con los dedos bien extendidos, para dejar bien claro que mi mano estaba vacía.

El hombre se me quedó mirando como si jamás hubiese visto a una muchacha. Gritó entonces algo a sus parientes. Todos dejaron de remar y miraron hacia donde estaba yo.

—¡Hola! —intenté de nuevo—. Bienvenidos a casa. Me llamo Muchacha del Alba. Mi madre es La Que Gana La Carrera. Mi padre es Habla Con Las Aves. Mi hermano es Chico de la Noche. Os daremos de comer y os presentaremos a todos los demás.

Los hombres gordos de la canoa comenzaron a señalarme con el dedo y a hablar todos a la vez. Era tanta su excitación que casi se cayeron al agua; dejé que mi cuerpo se hundiera un momento bajo las olas para ocultar mi sonrisa. Siempre hay que tratar a los invitados con respeto, recordé a La Que Escucha, por más que sean tan tontos como las gaviotas.

Cuando salí de nuevo, todos seguían mirándome igual que miran los niños pequeños: con los ojos y la boca muy abiertos. Tenían mucho que aprender respecto a cómo comportarse.

—Traed vuestra canoa a la playa —les dije, hablando muy despacio, para que pudieran entenderme y tranquilizarse—. Iré a nado a la playa y traeré a Madre y a Padre, para que hablen con vosotros.

Por fin uno me dirigió la palabra, sólo que no pude entender nada de lo que me dijo. Tal vez hablase caribe, o alguna de esas lenguas imposibles. Pese a todo, estaba segura de que podríamos encontrar alguna forma de entendernos y llevarnos bien. Nunca costaba demasiado, aparte de que expresar tus pensamientos sólo con las manos es de lo más gracioso. Es necesario adivinar qué quiere decir el otro, y puedes equivocarte y cometer errores, pero yo estaba segura de que a mediodía estaríamos todos sentados en un círculo, comiendo pescado ahumado y haciéndonos regalos uno a otros. Sería un día especial, un día memorable, un día pleno y nuevo.

Estaba tan cerca de la orilla que mis pies tocaron fondo, así que rápidamente volví a tierra firme. Noté la calidez del aire en los hombros; soplaba una leve brisa que acariciaba las hojas de las palmas que habían caído al suelo. Me escurrí el pelo, me pasé las manos por las piernas y los brazos para quitarme el agua y di unos saltos sobre la arena.

—Dejad aquí vuestra canoa —les propuse con mi voz más amable—. No se la llevará el mar, porque la marea esta bajando. Volveré en seguida con las personas apropiadas para hablar.

Los forasteros se dejaban llevar por las olas, discutiendo unos con otros, sin prestarme la menor atención. Parecían estar muy preocupados, muy confusos, muy inseguros sobre qué debían hacer a continuación. Estaba bien claro que antes no habían viajado mucho.

Me apresuré a recorrer el sendero que llevaba a nuestra casa, no sin que antes La Que Escucha me recordase que tenía que recoger la caracola blanca del montón de algas en donde la había dejado. Mientras caminaba muy deprisa entre los árboles, confié en no haber hecho nada que llevase a los visitantes a decidir marcharse antes de que regresase con más gente y antes de que aprendiésemos sus nombres. Si se marcharan, Noche insistiría en que todo era un cuento, que era mi último sueño antes del amanecer. Pero eso no era verdad. Estaba muy segura de que eran reales, de carne y hueso.

Epílogo

Jueves 11 de octubre de 1492

A las dos horas de media noche apareció la tierra, de la cual estarían a dos leguas... Navegaron hasta el día viernes, que llegaron a una islita de los Lucayos, que se llamaba en lengua de indios Guanahaní[1]... El Almirante fue a tierra en la barca armada, en compañía de Martín Alonso Pinzón y Vicente Yáñez, su hermano, que era el capitán de la *Niña*... Puestos en tierra vieron árboles muy verdes y lagunas muchas y frutas de diversas maneras... y tomó posesión

---

[1] Guanahaní, llamada San Salvador por Colón, es una de las Bahamas. Su posición es 24° 00' N, 74° 00' O. También es conocida como isla Watling, nombre de un afamado pirata. Actualmente hay en la isla bases estadounidenses para el seguimiento de los cohetes lanzados desde cabo Kennedy.

de dicha isla por el Rey y por la Reina, sus señores. Luego se juntó allí mucha gente de la isla[2]. Esto que sigue son las palabras que pronunció el Almirante, tal y como las recoge en el libro de su primera navegación y descubrimiento de estas Indias:

«Yo —dice él—, porque nos tuviesen amistad, porque reconocí que era gente que mejor se libraría [del error] y se convertiría a nuestra Santa Fe por amor, que no por la fuerza, les di a algunos bonetes colorados y unas cuentas de cristal que se pusieron al cuello, y muchas otras cosas de poco valor, las cuales les produjeron mucho placer, haciéndose tan amigos nuestros que fue una maravilla. Después vinieron a nado a las barcas de los navíos en que estábamos nosotros,

---

[2] Los primeros indígenas americanos que encontraron los españoles eran taínos, del tronco étnico, lingüístico y cultural de los arawak, araucos o arahuacos, que por entonces habitaban las Bahamas, Cuba, La Española, Jamaica, Puerto Rico y Trinidad. Su organización era de comunidades aldeanas —había aldeas hasta de tres mil personas— y pequeños principados. Veinticinco años después del descubrimiento ya no había taínos en las Bahamas: los españoles los habían esclavizado y conducido a La Española. Un siglo después del descubrimiento, los taínos se habían extinguido en todas las islas del Caribe.

y nos trajeron papagayos e hilo de algodón en ovillos y azagayas y otras muchas cosas, y nos trocaron por otras cosas que nosotros les dimos, como cuentas de cristal y cascabeles. En suma, todo lo tomaron y dieron todo aquello que trajeron muy de buena voluntad. Pero me pareció que era gente muy pobre de todo. Andan todos desnudos como su madre los trajo al mundo, y también las mujeres aunque no vi más que una muy moza. Y todos los que vi eran jóvenes, que ninguno me pareció de más de treinta años: muy bien hechos, de muy hermosos cuerpos y muy bellas caras... Ellos no traen armas ni las conocen, porque les mostré espadas y las tomaron por el filo y por pura ignorancia se cortaron... Deben de ser buenos servidores y de buen ingenio, que veo que muy pronto dicen todo lo que les decía, y creo que fácilmente se harían cristianos, pues me pareció que ninguna religión tenían. Yo, placiendo a Nuestro Señor, llevaré en el momento de mi partida a seis a presencia de

Vuestras Altezas, para que aprendan a hablar.»

Diario de Cristóbal Colón
Primera navegación a las Américas,
1492-1493, relación compendiada por
Fray Bartolomé de las Casas.

Texto y notas de la edición publicada por
Ediciones Anaya, colección Tus Libros.

y vieron q̃ era gente muy pobre de todo / ellos
andan todos desnudos como su madre los pa
rio / y tanbien las mugeres: aunq̃ no vide
...de una harto moça / y todos los que
yo vi eran todos mancebos q̃ ningun vide
de edad de mas de .xxx. años / muy bie
hechos de muy fermosos cuerpos / y muy
buenas caras: los cabellos gruessos quasi
como sedas de cola de cavallos e cortos /
los cabellos traen por encima delas cejas sal
uo unos pocos detras q̃ traen largos q̃
jamas cortan / Ellos se pintan de prieto y
ellos son dela color delos canarios ni negros
ni blancos: y ellas se pintan de blancas.. y ellas
y de colorado: y ellos delo q̃ fallan / y ellas se pin
tan las caras: y ellos todo el cuerpo: y ellos
solos los ojos: y ellos solo el narizes / ellos
no traen armas nj las cognoscen porq̃ los
amostre espadas y las tomavan por el filo y
se cortavan con jgnorancia/ no tiene algun
fierro: sus azagayas son unas varas
sin fierro y algunas dellas tienen al cabo
un diente de pece y otras de otras cosas / ellos
todos a una mano son de buena estatura de
grandeza y buenos gestos bien hechos / y vide
algunos q̃ tenjan señales de feridas ensus
cuerpos y les hize señas q̃ era aquello / y ellos
me amostraron como alli venjan gente de
otras yslas q̃ estavan acerca y los querian tomar
y se defendian / y yo crey e creo q̃ aqui viene

se mfirme a tomallos por onpritos, e ellos
revez for buenos furodres y de bue mygenjo
(y veo q muy presto dize todo lo quelos dezia:
z creo q ligeramte se harian xpianos q me
parecio q njnguu seta tenjan (. yo plazien d
al nro senor lebare de aquj al tpo. de mj partj
da seys a v. al. par q de prendã fablar. njn
g una bestia de njngu mãra vide Saluo papa
gayos enesta tpla (. todas tus palabras del
almjrãte (.

Edición facsímil publicada
por la Editorial Testimonio